REYNALDO DIAS DE MORAES E SILVA

MORTE NO HOTEL

Fonte: Foto Compartilhada do Pinterest

FATO ESTRANHO NUM HOTEL
ACIDENTE OU CRIME?

Revisão
Maria Alves

Ilustração
Foto Compartilhada do Pinterest.

Dados Internacionais de Catalogação na Publicação (CIP)
(Câmara Brasileira do Livro, SP, Brasil)

——

Silva, Reynaldo Dias de Moraes
Morte no Hotel / Fato Estranho Num Hotel Acidente ou Crime? / Reynaldo Dias de Moraes e Silva - 1ª ed. – Águas de São Pedro, SP, 2022.
91 p.

1. Romance policial. V. Título

Sumário

Todos os escritos deste livro são pura ficção e os nomes citados nada têm a ver com pessoas ou instituições, ou ainda empresas da realidade. Os eventos igualmente são fictícios e se coincidirem com algum evento da vida real, nada tem a ver e seriam meras coincidências. Usamos os nomes reais das instituições simplesmente para dar cor aos locais do romance. Não visam promover comercialmente qualquer caso citado.

Prólogo

Era um período de férias de verão e o hotel estava cheio, muitas famílias, alguns casais provavelmente em lua de mel, uma turma barulhenta com muitas crianças que não viam a hora de ir para a piscina.

O café da manhã era muito requintado porque o hotel contratava chefs formados na Faculdade de Gastronomia do SENAC uma das mais prestigiosas do Brasil, berço de muitos dos 'Chefs' que comandavam as cozinhas mais reputadas de São Paulo e Rio de Janeiro.

Mas as crianças não estavam nem aí para isso, só pensavam quando ia acabar o café para ir nadar na piscina, estava muito calor o que evidenciava ainda mais a ânsia delas.

Aquela manhã não seria como as outras e elas tiveram uma surpresa muito desagradável. Quando os pais chegaram lá com as crianças tinha um corpo boiando na piscina. A polícia da Delegacia de Águas de São Pedro foi chamada e surgiram várias questões de alçada e competência, e assim começou o fato mais estranho na história do maravilhoso Hotel das Águas, Águas de São Pedro.

Capítulo 1
Uma Manhã Desagradável

Num hotel de Águas de São Pedro o verão começou com o hotel lotado com muitas famílias com crianças e outros casais provavelmente em lua de mel, o movimento era constante e sua piscina era muito frequentada principalmente pelas crianças.

Fazia muito calor e elas ficavam ansiosas para tomar o café da manhã logo para ir nadar, apesar do café da manhã ser requintado por ter chefs de cozinha renomados.

Os pais ficavam segurando as crianças sentadas e obrigando-as a tomar o café da manhã senão não iriam nadar. Mas a ânsia delas era quase incontrolável. Os pais não poderiam deixar elas irem sozinhas e queriam tomar seu café da manhã e aproveitar aquela mesa farta de quitutes de toda ordem.

Mas as crianças não estavam nem aí para isso, só pensavam quando ia acabar o café para ir nadar na piscina, estava muito calor o que evidenciava ainda mais a ânsia delas.

Aquela manhã não seria como as outras, e tiveram uma surpresa muito desagradável. Quando os pais chegaram lá com as crianças tinha um corpo boiando na piscina. A polícia da delegacia de Águas de São Pedro foi chamada e surgiram várias questões de alçada e competência se poderiam fazer a investigação ou seria da polícia civil de São Pedro.

As crianças não perceberam logo do que se tratava e um dos pais alertou, ninguém entra na piscina. Mas uma das crianças falou simploriamente, "não pode tirar ele para a gente nadar?"

O pai falou rindo.

- Não é simples assim meu filho, pode ser um acidente, mas também pode ser um crime.

- Ah! Que chatice!

Quando o investigador chegou, olhou e disse.

- Não tenho competência para levar este caso adiante temos que chamar o delegado de São Pedro para assumir, com licença e foi ligar.

- O delegado falou.

- Não sei se posso assumir agora porque estou para me aposentando. Vou falar com um delegado de Piracicaba meu amigo. Volto a lhe ligar.

Ligou para o Delegado Edgar da 4ª Delegacia de Piracicaba e disse.

- Amigo Edgar preciso da sua ajuda, estou com um caso de morte aqui no Hotel das Águas de Águas de São Pedro que está na minha seccional, mas como estou me aposentando preciso da sua ajuda.

- Norberto, fique tranquilo, acho que também é da minha alçada pois ocorreu na nossa jurisdição pois São Pedro está na grande Região de Piracicaba.

- Edgar não sei como lhe agradecer é a segunda vez que você me socorre, como você sabe estou me aposentando e nem sei se daria tempo para mim.

- Pode deixar Norberto eu assumo e depois lhe passo os resultados

O delegado ligou para Mauricio o chefe da perícia e disse.

- Mauricio temos trabalho, junte seu pessoal e vamos para Águas de São Pedro lá no Hotel das Águas.

Cerca de 45 minutos depois estavam chegando no Hotel das Águas e o Gerente foi recebê-los na porta e disse.

- Sou o Gerente do Hotel e me chamo Francisco Maletta, as ordens, como posso ajudá-los?

- Senhor Francisco precisamos de sua cooperação para responder algumas perguntas, disse Edgar.

- Sem problema, vamos na minha sala por favor.

- Enquanto isso Mauricio deve levar adiante seu trabalho com sua equipe.

- Claro Edgar depois nos falamos.

A conversa do delegado com o gerente deu em nada, ele não sabia de nada e o homem na piscina não era hospede do hotel, e ele não sabia quem era. Edgar ficou irritado pela perda de tempo com aquele papo furado e com o formalismo obsequioso do gerente.

Foi para a piscina e quando viu o corpo boiando ligou para o IML de Piracicaba e pediu para virem buscar o corpo e fazer uma autópsia. Mauricio disse.

- Edgar, não temos muito o que fazer aqui, não há maiores indícios de uma ação violenta por aqui. Ele pode ter sido morto em outro local e o corpo jogado na piscina. Não há qualquer indício de sangue aqui nem nos jardins em volta. Meu pessoal já olhou tudo e nada. Agora só a autópsia pode dar alguma indicação.

Edgar pensou que seria um problema bem complicado e resolveu ligar para o Sargento Carlos da PM de

São Pedro cuja equipe de investigadores amadores já tinha lhe ajudado muito outras vezes.

- Sargento Carlos Melo?

- Sim quem fala?

- É o delegado Edgar de Piracicaba.

- Olá Edgar, prazer em falar com você.

- Carlos, estou com um problema aqui em Águas de São Pedro, tem uma morte aqui num Hotel, caso bem complicado, pode me ajudar?

- Claro Edgar vamos lhe ajudar, mas ligue para a Janaina que mora aí perto que ela pode ir adiantando a questão e vou logo para aí. Você tem o telefone dela, pois não?

- Ah! Tenho sim, vou ligar.

- Janaina? É o delegado Edgar de Piracicaba, falei com o Sargento Carlos e ele está vindo para cá. Estou aqui no Hotel das Águas que tem uma morte. Parece um caso bem complicado. Dá para você vir?

- Claro Delegado, já estou indo.

Jana chegou e foi falar com o delegado.

- Bom dia Delegado em que posso ajudar?

- Janaina, o caso é o seguinte, acharam hoje pela manhã, quando as crianças desceram com os pais para ir à piscina, havia um corpo boiando. O Norberto, delegado de São Pedro me passou o caso e vim com a equipe do Mauricio da Perícia.

Ninguém viu nada nem sabe de nada. A Perícia não encontrou qualquer indício no local e nos jardins em torno e acha que o crime foi praticado longe daqui e o corpo desovado na piscina. Está complicado e ficamos na dependência da autópsia para sabermos de alguma coisa.

- Delegado, o conhecimento de quem é pode ajudar muito a iniciarmos as investigações, pode providenciar?

- Oh! Janaina você lembrou bem, vou providenciar antes da autópsia.

- Maurício tire as impressões digitais do cadáver antes da remoção e veja se ele tem passagem na polícia.

- Olá Janaina, bom saber que está conosco nesta.

- Obrigado Mauricio.

- Ligo assim que tiver alguma coisa.

Capítulo II
Quem Era?

Fez o que Edgar pediu, juntou sua equipe e foi para Piracicaba. Quando passou as impressões digitais no computador e acessou o banco de dados da Polícia de São Paulo, apareceu a figura. Chamava-se Gesualdo da Silva, e tinha sido preso por suspeita de furto qualificado em Limeira em 2009. Morava em Limeira e não era casado e nem tinha filhos, tinha 34 anos e era ajudante de marceneiro.

Não constavam outras informações e a acusação de furto era do próprio patrão, que despediu ele por justa causa sem indenização. O furto era de uma serra elétrica de mão, que nunca foi encontrada. Maurício ligou e transmitiu essas informações para Edgar, que disse.

- Maurício veja o último endereço dele.

- Edgar, é Rua Paschoal Pinho Cason, 265, Jardim Cavinato em Limeira.

Edgar passou os dados para Janaína, que disse.

- Delegado vou falar com o pessoal e depois entramos em contato.

- Ótimo vou esperar o IML e depois vou voltar para Piracicaba.

Edgar estava ansioso pelo resultado da autópsia, mas sabia que levaria pelo menos 1 dia se desse prioridade para seu pedido senão poderia levar até 3 dias.

Jana ligou para Carlito e disse.

- Carlito fale com a Nanda para vocês virem hoje aqui para conversarmos este novo caso.

- Tá bom Jana, vou falar com ela e às 7 horas chegamos aí.

Mauricio ligou para Edgar e falou que investigou mais a respeito do Gesualdo e as pessoas do vizinho que conheciam ele, que disseram que era um rapaz muito modesto e prestimoso com as pessoas e nunca souberam de nada ruim dele.

Achavam que a denúncia do patrão era sacanagem para não pagar indenização e acham que ele nunca roubou nada. Ele vivia sozinho e era muito trabalhador. Só uma coisa eles estranhavam era que ele parecia ter mais dinheiro do que um salário de ajudante permitia.

Ele tinha comprado uma moto mais potente do que parecia que as posses dele permitiam, mas como ele era sozinho e não pagava aluguel, pois era uma espécie de zelador da casa, poderia guardar dinheiro até poder comprar a moto pensavam os vizinhos, que aparentemente gostavam dele. Quem era o dono da casa?

Quem quereria matar um pessoa assim? E por que razão? Era evidente que não tinha sido um acidente ou confusão de pessoa! Muito estranho! O que causou a morte? Só a autópsia poderia dizer. Edgar pediu para Maurício passar a informação para Janaina.

Eram pouco mais de 7 horas quando Carlito e Nanda chegaram no apartamento de Janaina. Zeca já estava lá e abraçaram-se depois de algum tempo sem se verem. Jana perguntou se já tinham jantado. E Carlito disse.

- Jana não comemos ainda e estamos varados de fome, o que tu sugere?

- Acho que para não atrasar a conversa e ficar muito tarde podemos pedir uma pizza lá no Dom Giovanni. Uma calabresa e uma muçarela?

- Ótimo disseram os outros.

- Bom, qual é o caso? Disse Carlito.

- Primeiro quero saber se estão disponíveis, o caso é complicado e vai exigir viagens.

- Eu estou com vários plantões programados porque tem pessoa doente na minha turma e tenho que fazer turno dobrado, disse Zeca, como voltei para a PM, me alocaram aqui em Águas que um efetivo pequeno, se falta um, os outros tem que cobrir o serviço dele.

- Eu também estou fazendo aqueles turnos dobrados para dobrar minhas férias disse Nanda.

- Bom, eu tenho novos recrutas para treinar, então depende do tempo que vai precisar para a investigação, não podemos deixar este caso pra lá? Disse Carlito.

- Carlito eu já me comprometi com o Edgar, não sabia que vocês estavam sem tempo. Não tem importância, eu ainda tenho tempo e vou cobrir o lado de vocês, se as coisas se complicarem nós nos reunimos aqui a noite, tá lega? Disse Janaina.

Todos concordaram e logo que a pizza chegou se abancaram e comeram, depois conversaram sobre o caso. Quando Carlito e Nanda foram embora Zeca falou.

- Jana, vai ficar complicado daqui para frente por algum tempo, vou chegar em casa lá pelas 6 horas da manhã, vários dias acordarei mais tarde quando tu deverá já ter saído.

- Ora Zeca isso faz parte, não é? Pro bem e para o mal, não é? Nós estamos junto sabendo disso. Por mim não tem problema.

- Tá bom Jana eu só estava preocupado por ti. Vamos dormir que temos que nos levantar cedo amanhã.

Jana pensou depois de toda conversa com os amigos que ela teria que fazer toda investigação sozinha. Mas se lembrou que afinal ela que era a líder do grupo. No dia seguinte se levantaram lá pelas 7 horas, tomaram café e Zeca saiu correndo pois teria que se apresentar a 7:30 para uma reunião com a chefia. Jana saiu logo em seguida e foi para Limeira para falar com os vizinhos do Gesualdo.

O vizinho do lado direito, senhor Carlos Mário disse que volta e meia batia papo com Gesualdo que era muito prestativo e tinha lhe ajudado vários vezes em coisas de casa. Não entendia quem poderia querer matá-lo.

Nunca tinha visto o dono da casa e pelo que Gesualdo contava era um pessoa muito boa, que Gesualdo tinha trabalhado vários anos para ele e que agora estava muito velho e sozinho, que a mulher tinha falecido e que recorria a Gesualdo várias vezes e gostava muito dele e era muito grato.

Não sei se era verdade, mas ele sempre me pareceu um rapaz muito correto.

Jana perguntou se ele tinha visto outras visitas que frequentavam a casa de Gesualdo. Carlos Mário disse que nunca tinha visto ninguém, mas podia ser porque nem sempre estava em casa. Mas ele disse que as vezes no domingo tinha uma moça que aparentava uns 30 anos que vinha visitá-lo e ninguém achava nada porque era um rapaz solteiro e isso não parecia nada estranho.

Jana perguntou se podia dar uma descrição aproximada dela. Ele disse que era uma morena como ele e muito parecida com ele, e outros chegaram a achar que podia ser uma irmã. Ele nunca comentou com ninguém sobre ela, que eu saiba. Ela agradeceu e foi bater no vizinho do outro lado.

Era uma senhora mais velha, devia ter mais de 60 anos, mas ainda estava bem esperta. Disse que se chamava Maria Aparecida e disse que tinha o maior prazer em falar do Gesualdo e que ele era um ótimo rapaz, muito sério e muito prestativo. Não sabia no que ele trabalhava porque sempre tinha tempo disponível. Várias vezes saia de moto e só voltava lá pelas 8 horas da noite.

Sempre ajudava ela nas coisas de casa e era muito bom para consertar as coisas de casa, entendia da parte elétrica, encanamentos e era muito bom para pequenos serviços de alvenaria, além de um excelente marceneiro. Nunca sabia como lhe agradecer porque nunca aceitou qualquer paga. De vez em quando fazia um bolo e levava para ele, que gostava muito.

Os outros vizinhos mais distantes tinham pouco contato, mas tinham boa impressão dele. Jana foi no bar mais próximo e ouviu do dono que era um rapaz muito correto sempre pagou direitinhos suas contas e nunca teve problema com os outros clientes. No mercadinho e na farmácia ouviu a mesma coisa.

Jana estava muito intrigada com toda história. Resolveu ir falar com o antigo patrão dele na marcenaria e perguntou na farmácia onde ficava a marcenaria. Eles indicaram a rua e ela ligou o GPS e foi para lá. Parou na porta e entrou e logo viu o homem que seria provavelmente o dono.

- Bom dia, o senhor é o dono aqui?

- Sou sim o que a senhora deseja?

- O senhor é que foi patrão do Gesualdo Silva?

- Quem é a senhora e por que quer saber?

- Ele foi assassinado e estou procurando informações para o Delegado Edgar, da 4ª Delegacia Seccional de Piracicaba.

- Não tenho nada a ver com isso nunca mais tornei a vê-lo ou ouvir falar dele.

- Os vizinho dizem que o senhor acusou ele de roubo para não pagar indenização, é verdade?

- De jeito nenhum ele, ele foi despedido porque roubou um serra de mão e por isso foi mandado embora sem indenização como manda a lei e foi acusado de forma regulamentar.

- Mas nunca encontraram a serra, não é?

- Bom, isso é problema da polícia, não meu.

- Dizem que ele era muito bom marceneiro.

- É verdade ele era bom profissional, mas muito metido onde não era chamado.

- Em que sentido?

- Não tenho satisfações a lhe dar.

- Acho que o senhor não gostaria de ser intimado a ir à delegacia prestar depoimento quando essa resposta lhe resultaria detenção, não acha?

- Bom, ele estava remexendo nas contas da marcenaria, eu não sei para que.

- Obrigado, agora estou satisfeita.

Jana saiu e ligou para Edgar.

- Delegado, é Janaina, acabei de entrevistar o ex-patrão do Gesualdo e acho que ele está escondendo alguma coisa, e pode ter sido o motivo de todo episódio. Por algum motivo Gesualdo desconfiou de alguma coisa e andou procurando quando foi flagrado. Acho que devemos mandar um fiscal do trabalho dar uma olhada lá enquanto procuro saber mais informações.

- Pode deixar Janaina vou providenciar, pode ser que seja o fio da meada.

Jana logo pensou em ir ao depósito de madeira, provavelmente onde ele comprava a madeira para ter alguma informação sobre a situação financeira dele. Consultou o Google e viu que havia 17 madeireiras em Limeira. Procurou a mais próxima e encontrou duas a Madeira Tabajara e Madeireira J&C e resolveu ir na Tabajara primeiro.

Logo que entrou falou com um vendedor e perguntou se a Marcenaria São Cristóvão comprava madeira deles? O vendedor disse que sim e que ele é quem fazia as vendas.

- Estou procurando informações para o Delegado Edgar da 4ª Delegacia Seccional de Piracicaba e gostaria de saber a situação de crédito da marcenaria.

- Bom isso é pouco usual, a senhora tem uma credencial?

- Sem tem dúvidas ligue para o Delegado Edgar neste número e deu o número da delegacia para ele.

- Não por favor, é que não é usual, a senhora entende?

- Trata-se de uma investigação sobre um crime ocorrido na região de Piracicaba de um morador que era empregado da marcenaria.

- Bom é o seguinte, nós estamos processando essa marcenaria que comprou um lote grande de madeira faturado a 60 dias e não pagou até hoje. Nós protestamos e agora entramos com execução para recuperar a madeira.

- Ele comprava a madeira aqui há muito tempo?

- Não, somente há cerca de 1 ano e comprava pouco e estranhamos o pedido muito maior, mas ele disse que tinha recebido um pedido muito grande. Como ele já tinha pagado duas compras certinho, então resolvemos entregar o pedido.

- Obrigado isso que eu queria saber.

- Quando saiu ligou para Edgar e contou o que tinha descoberto reafirmando que havia qualquer coisa suspeita. Ele tinha feito essa grande compra para conseguir dinheiro para alguma coisa ilícita que Gesualdo descobriu e por isso morreu. Pode ser droga.

- Obrigado Janaina, concordo com você vou colocar meu pessoal atrás disso.

Jana não estava satisfeita e ficou pensando onde poderia obter mais informações. Quem poderia saber alguma coisa das ações do dono da marcenaria? Alguma câmera na proximidade? Vou verificar.

Nada de câmera na Rua da Marcenaria que acaba na Rua Antônio Lucato, que liga a BR-373 até Piracicaba. Tinha que pensar em outra coisa. Telefone? Teria que pedir a Edgar para ver todos os telefonemas de uns dois dias antes da morte de Gesualdo. O telefone deveria estar no nome do Arlindo Silvano que era o dono da marcenaria. Vizinhos da marcenaria? Vou falar com eles, vamos ver se sai alguma coisa. A casa em frente é modesta e pertence a uma senhora bem velha.

Jana bateu no portão porque não tinha campainha e logo veio ela e abriu, perguntando o que ele queria.

- Meu nome é Janaina e estou investigando a morte do jovem Gesualdo que trabalhou para o senhor Arlindo na marcenaria em frente. A senhora por acaso viu alguma vez o Gesualdo?

- Janaina eu não somente vi como conversei com ele muitas vezes, ele pegava pensão para o almoço aqui em casa e eu gostava muito dele, muito prestativo várias vezes me ajudou em aqui em casa. Fico muito triste ao saber que ele morreu. Esse desgraçado desse Arlindo, mau caráter, grosseiro e mal educado sempre abusava dos empregados, ninguém gosta dele. Em que posso lhe ajudar?

- Como é mesmo seu nome?

- Anastácia, a suas ordens.

- Dona Anastácia, Gesualdo foi assassinado e estamos investigando a morte dele. Acaso a senhora viu alguém que vinha falar com o Arlindo na hora do almoço?

- Vi sim ele volta e meia vinha com uma bolsa na mão meio vazia que saia bem pesada. Estranhei aquilo, não podia ser madeira claro, me parecia muito esquisito, e o cara tinha uma cara de bandido. Não estou acusando nada e não é porque não gosto dele, mas porque toda semana era a mesma coisa.

- A senhora pode me dar uma descrição aproximada desse cara?

- Era um mulato muito forte com uma cicatriz que ia da boca até a orelha, muito feia. Era bem alto e mal encarado. Quando eu estava no portão olhava feio pra mim que me dava um arrepio. O cabelo estava empastado de goma e puxado para traz.

- Dona Anastácia, muito obrigado tenho certeza de que Gesualdo lá de cima agradece a senhora.

- Vá com Deus minha filha vou rezar para ele, coitado não merecia isso e se esse bandido aí da frente tem alguma coisa que ver quero ajudar em tudo que puder.

- Voltarei a visitá-la se me permitir.

- Venha sim será benvinda sempre.

- Obrigada, até mais.

Jana logo ligou para Edgar e relatou a conversa.

- Janaina vamos atrás dele, pode deixar. Excelente resultado você é a melhor detetive que já conheci. Acho que você tem razão parece droga, falta ver onde ele se abastece. Vou botar tocaia atrás dele.

Jana pensou e resolveu ficar até a hora do almoço para ver se ele saía. Encostou o carro na esquina, na outra rua de forma poder ver quando ele sair. Ele devia fechar a marcenaria para o almoço e o pessoal deve ir comer ali perto. De repente a porta do carro abriu e entrou um mulato alto com o cabelo engomado puxada para trás, muito forte com um revólver na mão e disse.

- Olha aqui abelhuda deixe de mexer com a gente ou está coisa aqui vai fazer um enorme estrago em você dá próxima vez. Deu um golpe com a arma na cabeça dela que pegou de raspão porque Jana virou a cabeça a tempo e saiu do carro batendo a porta com muita força.

Jana estava sangrando porque a arma pegou de raspão. Pego um lenço e enxugou o sangue e ao invés de ficar amedrontada com a ameaça ligou para Edgar e relatou o ocorrido e disse que iria seguir o carro do Arlindo.

- Não faça isso deixe que nós iremos atrás dele. Não corra riscos você é muito preciosa para nós.

- Está bem disse Jana sem nenhuma vontade de seguir o que Edgar falou.

Capítulo III
Uma Solução Difícil

Assim que ela desligou o celular, Arlindo saiu da marcenaria e entrou no carro dele e ela esperou ele passar e saiu atrás dele seguindo-o. Ele seguiu até o fim da rua e virou na Rua Antônio Lucato seguindo em direção a **BR**, mas virou antes e entrou numa rua que tinha um hotel de luxo. Estacionou fora e foi andando até a entrada e se dirigiu para o bar onde estava sentado um homem de terno escuro e gravata vermelha muito bem vestido, com uma bolsa ao lado.

Jana estacionou ao lado e foi atrás do Arlindo, entrou no hotel e se sentou numa das poltronas ao lado da recepção, que dava para enxergar o bar. Resolveu se esconder atrás de um jornal e esperou ele sair com a bolsa. Resolver ir atrás do "executivo" para ver de onde ele era. Mas o cara estava bebendo um whisky e não parecia com pressa de ir embora.

De repente entrou um mulher alta, morena de cabelos curtos tipo "Chanel" muito bonita e foi se sentar na mesa dele. Ele se levantou e beijou-a no rosto e começaram a conversar. Jana pegou seu celular e mirou na dupla e fotografou os dois com zoom. Achou que já tinha o que precisava e saiu foi para o carro, quando estava virando para o estacionamento viu o mulato ao lado do seu carro. Parou em pensou e agora? Voltou para o hotel e foi para a recepção e pediu um quarto de casal de frente dizendo que estava esperando seu marido com as malas. Pagou com cartão e subiu para o quarto e ligou para Edgar.

Relatou tudo que aconteceu e disse que tinha as fotografias do casal e queria lhe mandar para pesquisar quem eram os dois. Disse que não podia sair porque o cara que a ameaçou estava junto do seu carro. O Arlindo já está com a bolsa com as drogas e devia estar indo para a marcenaria, se forem lá dá um bom flagrante.

- Estamos indo para lá, quer que vamos aí socorrê-la? Não delegado senão vai assustá-los e perderemos a chance de saber mais.

- Janaína, por favor tome cuidado, estamos mexendo com gente muito violenta que não hesita em matar se sentir que você está ameaçando o negócio deles.

- Vou esperar no quarto até o capanga ir embora. Daqui do quarto dá para ver parte do estacionamento.

Ligou para o Zeca seu companheiro e disse onde estava, e disse para ele quando saísse do serviço vir passar a noite aqui com ela no hotel, que já tinha pago.

- Jana o que tu tá inventando mulher? Olhe lá, trate de não correr perigo.

- Tá tudo bem Zeca para de encher, tô no quarto 34, terceiro andar.

De repente alguém bateu na porta.

- Quem é?

- O camareiro.

Não chamei nenhum camareiro.

- É para colocar as toalhas novas.

- Não preciso de toalha novas vou ligar para a recepção para mandar o segurança.

- Ligou para a recepção e perguntou se alguém tinha procurado por ela.

- Sim senhora ele disse que tinha uma entrega urgente para a senhora.

- Obrigado não dê meu local para ninguém a nãos ser meu marido que vai ligar para mim antes de subir.

- Sim senhora pode deixar.

- Zeca quando chegar no hotel ligue para mim antes de subir. Tome cuidado porque tem um capanga tentando me matar.

- O que? Vou já para aí.

- Não é necessário já despachei o cara, mas ele pode estar me tocaiando, viu?

- Não saia daí até eu chegar, tá?

- Fica tranquilo já avisei a recepção.

- Quando Zeca chegou ainda ele estava usando a farda da PM e foi para a recepção e pediu para falar com o quarto 34, dizendo que era o marido dela. O recepcionista ligou e pediu para ele falar no telefone na cabine ao lado. Quando Zeca saiu olhou em volta e viu o capanga. Se dirigiu a ele e disse.

- Se continuar aqui vou prendê-lo por vadiagem, se manda malandro.

- Eu não fiz nada.

- Larga de ser bobo malandro só não levo você pro xilindró porque ainda não tenho provas, mas se pensa que vai matar minha mulher você não sabe o tamanho da burrice. Já estamos atrás de você e da tua turma, 30 anos é o mínimo hoje para esses crimes. Se eu souber que abordou Janaina de novo, isto aqui vai dar um tiro só na testa mostrando o 45. Tá cheio de corpos boiando no rio, mais um não faz diferença.

Ele se levantou rapidamente e correu para a saída. Zeca foi para o elevador e subiu para o 3º andar e foi bater no quarto de Jana. Entrou e foi dar um beijo longo nela.

- Mandei o malandro se mandar e avisei se chegar em tu vai tomar bala.

- Zeca não era para fazer isso, vai alertar a turma dele que vão ficar atentos.

- Jana, larga de ser boba, está atrás de ti porque já sabem de tudo, por isso a ameaça. Acho que vão pensar duas vezes antes de fazer alguma meleca. O malandro ficou verde quando falei para ele o que ele pode esperar. Mas tu tem que parar de bancar a heroína.

- Zeca, nem tu nem Carlito estão disponíveis, quem vai fazer o serviço? Só sobrou eu.

Jantaram no restaurante do hotel, bem carinho por sinal, voltaram para o quarto e ficaram vendo os canais pagos na tv e escolheram um filme e assistiram até o fim, depois foram dormir. Na manhã seguinte tomaram um farto café da manhã já incluso na diária e foram embora.

Quando entraram no carro um tiro estilhaçou a vidro de trás, Zeca fez Jana se abaixar, saiu do carro dobrado e esperou o segundo tiro, quando veio ele localizou onde era e atirou 3 vezes e ouviu um grito. Ficou esperando, mas não ouviu mais nada e então foi caminhando agachado até o local que tinha visto, atrás de uma moita de arbustos, no canto do jardim da frente. O mulato estava caído gemendo e Zeca encostou o cano do 45 na testa dele e disse eu avisei não avisei?

- Pelo amor de Deus se eu não fizer isso eles me matam. Me leve para a cadeia.

- Negativo vou levar você para o rio.

Ele começou a soluçar e disse eu conto tudo sobre eles, mas não me mate. Nessa hora já Jana estava atrás do Zeca e disse ótimo, se você abrir o bico com tudo ele não vai te matar, mas pode começar, vamos decidir isso aqui mesmo.

- Dona, o casal que a senhora viu no bar é o cunhado de um deputado muito ligado a presidência e muito poderoso. A morena é a irmã do deputado, que parece que está no jogo, por isso a polícia não consegue pôr a mão nele. Eles traficam cocaína para a alta roda e têm muitos clientes no Congresso. Posso dar um depoimento completo na delegacia.

- Zeca algema ele e coloca na mala do carro. Primeiro vamos fazer uma bandagem ali no buraco do tiro senão ele não vai chegar vivo. Me empresta seu lenço colocou na ferida e disse fique apertando aqui senão vai morrer. Jana pegou o revólver com seu lenço e envolveu-o e colocou no porta luva. Vamos logo que parece que o tiro pegou numa artéria.

Saíram depressa e pegaram a BR-373 para Piracicaba e Jana avisou o delegado que estava indo com o suspeito. Quarenta minutos depois estavam encostando na 4ª Delegacia Seccional de Piracicaba e Edgar estava esperando na porta com sua equipe e ao lado uma ambulância.

- Quando abriram a mala do carro ele já estava respirando com dificuldade. Logo os socorristas colocaram no oxigênio puseram ele na maca e foram para o hospital acompanhados por dois detetives.

- Jana e Zeca entraram com Edgar e foram para a sala dele.

- Janaína e Zeca o que aconteceu?

- Delegado quando saímos do hotel e fomos pegar o carro, assim que entramos um tiro estilhaçou o vidro traseiro, nos abaixamos e eu saí por baixo protegido pelo carro e fiquei observando de onde vinha o segundo tiro, assim que ele atirou e dei 3 tiros naquela direção, era uma moita de arbustos no jardim ao lado do estacionamento e ouvi um grito e fiquei esperando, como nada aconteceu corri abaixado até lá e lá estava o malandro gemendo, com muito sangue saindo da barriga.

Jana logo veio atrás e eu ameacei de matar ele com tiro na testa e ele pediu arrego, e disse que entregaria tudo se não matássemos ele. Não sabia que eu nunca faria isso, mas nossa fama não é muito limpa né. Ele começou a falar para Jana. Ela conta o resto.

- Delegado, ele disse que o casal que eu vi no bar e que entregou a bolsa para o Arlindo é cunhado de um deputado muito poderoso ligado à presidência da república, que parece que também está envolvido na história. Ele disse que o Arlindo trafica cocaína que vai para a alta roda e para o pessoal do Congresso. Isso eu achei que não batia, porque evidentemente o Arlindo não tem acesso a esse pessoal. Ele diz que prestará depoimento juramentado na delegacia.

- Parece que temos aí alguma coisa mais complicada do que aparenta disse Edgar. Se depois de tudo ele se negar a dar o depoimento e disser que só fala para um juiz?

- Delegado eu gravei tudo o que ele disse no meu celular, se o senhor quiser vou lhe repassar.

- Claro Janaína por favor. Vamos ter que aguardar até ele ter condições de depor, mas temos que garantir a segurança dele porque ele agora é um arquivo de risco e os chefões podem mandar queimar o arquivo. Meus dois detetives são de primeira classe e sabem disso. Vão ficar lá se revezando.

- Delegado tem que prender o Arlindo em flagrante com a droga na bolsa porque quebra uma perna da quadrilha. A outra é mais complicada e precisamos descobrir quem é que faz a distribuição no Congresso e na alta roda.

- Posso começar a pesquisar na redes sociais o que se fala sobre isso e ver se consigo uma pista.

- Janaína, meu pessoal a essa hora já prendeu o Arlindo e vamos também verificar o casal que você viu, mas o deputado só com autorização da justiça e terei que conversar com o ministério público federal. Depois lhe dou notícias, até agora muitíssimo obrigado você é a melhor detetive que tenho aqui.

- Hoje vou ter uma reunião com a nossa equipe e vamos ver a sequência. Até mais, e obrigado.

Zeca estava ouvindo e agradeceu o delegado e foram embora para Águas porque já era hora do almoço e ele tinha que justificar lá com seu chefe uma prisão em Limeira. Não seria muito fácil. Quando chegaram foram almoçar, Zeca foi para a PM e Jana foi para casa descansar da tensão que passou.

Jana ligou para Carlito e pediu para ele e Nanda virem à noite para uma reunião. Nanda ligou e disse que nem iria para São Pedro, ia para casa da Jana logo que saísse da emergência da Unidade de Pronto Atendimento em Águas.

Quando Jana acordou já eram 4 da tarde e ele tomou um café e foi para a mesa, abriu seu Notebook e começou a pesquisar na rede, Facebook, Twitter, Tik Tok, Messenger, Instagram, LinkedIn e outros sobre o casal. Uma trabalheira, mas já no Facebook encontrou o site da mulher que falava um monte de besteira, entre as quais um post com informações sobre interesse em comprar balinhas. Balinhas? Não há dúvidas de que quer dizer cocaína ou outra droga. Anotou o nome do mais frequente seguidor dela e entrou no Facebook dele.

Era um cara bonitão bem apessoado, que indiretamente falava que podia fornecer balinhas de coco, de morango e de baunilha e quem quisesse devia avisar e dar o endereço que ele mandaria levar. Era só mencionar quanto queria, o pagamento seria em dinheiro na hora de receber a encomenda.

Bingo pensou Jana posso estar enganada, mas não me parece que não seja distribuição de droga. Meio bem seguro e fácil de distribuir, nenhuma usuário iria comprar balinhas desse jeito. Afora os consumidores usuais. Será que dava para acessar o site dos pedidos? Devia ser WhatsApp. Mas como chegar lá? Resolver ligar para aquele amigo que era quase um hacker de tanto que entendia disso.

- Josué, é Janaina posso falar com você?

- Claro Jana posso te ajudar em alguma coisa?

- Pode sim amigo. Pode me ensinar como acessar o WhatsApp de alguém?

- Sem problema se você tiver o telefone. Se não tiver tem que procurar o telefone primeiro. Tem vário sites que você pode procurar o telefone celular de alguém pelo nome. Por exemplo: AcheCerto.

- Mas como pesquisar o aplicativo dele sem ele saber?

- Jana você tem que entrar no WhatsApp dele usando um programa que vou te mandar, que você pode acessar todas a mensagens que ele recebeu e mandou. Acho que é isso que você precisa, não é?

- Muito obrigado Josué, te devo esta tá?

- Ligue sempre, sou teu amigo.

Jana logo achou o celular dele e colocou no WhatsApp e o programa que Josué mandou começou a listar todas as mensagens deste ano. Uma lista enorme de endereços. Jana mandou para o delegado dizendo que esses eram os clientes deste ano do distribuidor da mulher do casal que estava no hotel ontem.

Ela que deu a dica que era ele o distribuidor. Eles falam em balinhas de coco. O esquema é bem cauteloso e difícil de pegar, tem que dar flagrante quando o mensageiro estiver saindo para entrega. O distribuidor é um cara que chama José Carlos Arruda Braga e o site dele está no Facebook.

- Ótimo Jana muito rápido. Parabéns.

O delegado e 3 detetives sênior ficaram de tocaia esperando um mensageiro entrar e quando saísse eles invadiam e prendiam o traficante. Deu tudo certo e foi Zaz trás. Quando chegou na delegacia o traficante pediu para dar um telefonema e o delegado não pode evitar, era um direito dele. Levou cada um para interrogatório em salas separadas.

- José Carlos vai contar quem é o deputado?

- Não conheço deputado nenhum.

- Ora nós já estamos ao par de todo esquema, não precisa negar, vamos trazer a Amalia e o Renato e vamos confrontar com você.

O detetive Geraldo assomou na porta e disse tem um telefonema urgente para você. Edgar saiu e foi atender na sua sala.

- Alô. Quem é?

- Edgar sou eu Arnaldo do gabinete do Secretário de Segurança. Ele quer falar com você.

- Pois não secretário, pode falar.

- Edgar estou aqui com o Prefeito de Piracicaba e queremos alertá-lo que você não tem autonomia jurisdicional para investigar um deputado federal ou pessoas ligadas a ele. É assunto da Polícia Federal e do Ministério Público Federal.

- Mas Secretário eu não estou investigando um deputado estou investigando e prendi uma quadrilha de traficantes de droga.

- O deputado ligou para o governador para se queixar de você e ligou para o Prefeito que é do mesmo partido dele, que veio em seguida falar com o Governador e está agora aqui comigo.

- Diz que você não tem provas nenhuma contra o José Carlos, que a prisão foi uma arbitrariedade.

- Secretário, a prisão foi um flagrante e tenho a lista de todos os compradores para quem ele vendeu a droga, aliás lista onde aparecem numerosas pessoas da alta roda e vários membros do Congresso. Apreendemos um sacola com vários pacotinho de cocaína nas mãos do mensageiro com a lista dos endereços onde seriam entregues.

- Os repórteres na porta já estão sabendo e estão pedindo a lista, que não pretendo dar em nenhuma hipótese, mas o assunto já saiu do meu comando, é uma delegacia pequena e muito vulnerável nesse sentido. Não tenho condições de recuar em nada. O senhor bem sabe as consequências de uma ação destas agora. Por favor converse com o Governador que diga como iremos prosseguir.

- Edgar, não sei o que dizer, o assunto é politicamente explosivo e você sabe que você vai ficar no meio de muita confusão.

- Secretário, não tem mais saída a não ser continuar e separar esta turma do deputado e dizer para ele que é melhor se afastar e não tentar salvar a quadrilha porque vai sobrar para ele se insistir. Droga não é qualquer coisa, é assunto perigosíssimo sob o ponto de vista político. O senhor sabe disso. Vai sair logo da minha mão e vai para a polícia federal. Mas a provas são irrefutáveis, o crime está perfeitamente caracterizado.

- Lhe darei retorno assim que puder, obrigado.

Edgar voltou para a sala de interrogatório e falou para o José Carlos.

- Seu telefonema não deu certo além do flagrante comigo estavam mais 3 detetives e fotografamos o momento da prisão e a sacola com as drogas, mas não é só isso temos toda a lista de suas entregas neste ano com todos os endereços.

Todos irão contra você e dirão que são consumidores porque senão serão considerados como membros da quadrilha e taxados como traficantes. Você escolhe, se conta toda história, a justiça vai tratá-lo com menor severidade por ter colaborado com a polícia senão pode dar até 20 anos de cadeia.

Não espere socorro do Deputado que ele já foi avisado que a imprensa já está sabendo e se descobrir que ele está envolvido ele será cassado por falta de decoro. Ele já ligou para o Governador e para o Prefeito e não adiantou nada, ele vai de largar você para não parecer envolvido. Você está sozinho, o que vai ser?

- Vou contar tudo, mas quero um compromisso de redução de pena.

- Isso não é possível porque não depende nem de mim nem do ministério público e sim do juiz, mas nossa recomendação por ter auxiliado a polícia usualmente é considerado pelo juiz por constar do código penal.

- O caso é o seguinte, a turma toda é constituída de mim, da Amélia, e do marido o Otávio que é o cunhado do deputado. Quem fornece a cocaína é um membro da quadrilha do Ferrão que fica numa área de Guarulhos. A gente liga de um celular descartável e dá uma palavra de código e eles respondem com outra palavra que é o novo código, que quer dizer que vão enviar por mensageiro, normalmente o mesmo cara que vocês prenderam junto comigo, mas podem mudar e eles tem que se identificar dizendo a palavra de código.

- Você pode dar o código?

- Não adianta porque ele vão saber que fui preso e não aceitarão mais falar mesmo se ligar do meu celular. A minha turma é de distribuidores e somos apenas uma perna pequena da quadrilha do Ferrão. Nosso volume de venda tem pouca importância pra o negócio deles, nossas quantidades são relativamente pequenas.

- E o deputado tem o que com isso tudo?

- Ele só intervém quando acontece como agora e ele tem 10% de participação no valor do lucro apurado em cada compra. O resto é dividido igualmente entre mim, Amélia e Otávio.

- A maior parte da clientela vem da Amélia na alta roda e de Otávio que trabalha no gabinete do deputado para o pessoal do Congresso.

- Por que Otávio e Amélia estavam em Limeira se eles moram em Brasília?

- Porque nós fomos avisados pelo Arlindo que estavam investigando a gente.

- Quem é o responsável pela morte do Gesualdo?

- Não sei não fui eu quem coordenou essa ação, pergunte ao Arlindo, acho que ele que mandou e pode ter sido o Genésio que vocês prenderam, quem executou.

- Porque o Gesualdo?

- O Arlindo disse que ele estava espionando e deve ter descoberto as drogas e iria denunciar à polícia.

- Muito bem, você assina essa confissão?

- Assino sim, pode trazer.

Edgar passou a fita gravada para um detetive e pediu o documento o mais rápido possível.

Em 20 minutos o detetive entrou com o documento e Edgar mostrou a José Carlos perguntando se ele queria ler primeiro.

- Não precisa, agora tanto faz, está gravada não está?

- Está sim pode assinar.

Edgar falou para o detetive.

- Inspetor leva ele.

Edgar ligou para Janaina e pediu para ela gravar o que ele iria passar e ligou o gravador. Janaína esperou até ouvir o clique do final e disse.

- Obrigado Delegado vou estudar com atenção.

Quando desligou Nanda estava entrando e ela abraçou e beijou a Nanda.

- Quanto tempo, com está lá na UPA?

- Jana aquilo tem hora que tu tem nada para fazer, mas no fim de semana a coisa fica lotada e não dá tempo nem para respirar. Tou fazendo turno duplo para conseguir o mesmo que tu, 3 meses de férias de pernas pro ar.

Eram pouco mais de 7 horas quando Carlito e Zeca chegaram.

- Olá pessoal vamos entrar, disse Jana.

Zeca abraçou-a e beijou-a com carinho.

- Tu me deixaste preocupado hoje, correu um risco danado. Eles já mataram um, não iam deixar barato.

- Bobagem Zeca eu sei me cuidar e na hora da necessidade eu ligo para ti, não é? Ele riu.

- Ainda bem que tem a hora do juízo!

- Gente tem grandes novidades, mas parece que ainda não acabou.

- Peguem na geladeira uma cervejinha e vamos começar a conversar depois vamos jantar.

Sentaram-se em volta da mesa e Jana ligou o celular e ouviram toda gravação da confissão do José Carlos.

- Eu e Zeca passamos uma braba hoje. Eu tive que me esconder num hotel, aliás muito bacana e pedir ajuda do Zeca, aí passamos a noite lá, porque um capanga da quadrilha tinha ordem de me matar.

No dia seguinte de manhã achamos que ele tinha ido embora, mas estava tocaiando numa moita e atirou na gente, foi quando Zeca saiu agachado e esperou o segundo tiro e atirou de volta e acertou ele. Nós prendemos e levamos para o delgado Edgar, e ele foi para o hospital vigiado por dois detetives.

- Como vocês viram o José Carlos disse que não sabe quem mandou matar o Gesualdo e acha que foi o Arlindo que mandou matar. Vamos ter que esperar para o Genésio que é o capanga poder falar e saber se foi ele. Aliás tenho que saber do delegado o resultado da autópsia tinha me esquecido. Será que ele ainda está na delegacia?

- Delegado é a Janaína, o senhor já recebeu o resultado da autópsia?

- Recebi sim Janaina, me desculpe esqueci de passar para você, a morte foi por afogamento.

- O que? Isso complica demais toda história, delegado.

- Complica sim Janaina, tenho pensado nisso e não sei o que dizer.

- Vou examinar isso e depois lhe falo, obrigado.

- O delegado disse que o laudo da autópsia é morte por afogamento, o que vocês acham?

- Só se o assassino tivesse segurado a cabeça dele dentro d'água em outro lugar, como fazem com aquela tortura da toalha molhada disse Carlito. Eles depois teriam jogado na piscina. Precisamos olhar o laudo completo para ver se tem indícios de teor do cloro que é muito maior do que na água tratada da torneira.

- Ótimo Carlito só pode ser isso disse Jana.

- Vou falar com o delegado se ele pode me passar o laudo.

- Delegado é Janaina de novo, desculpe estar lhe incomodando, mas seria possível me passar o laudo da autópsia?

- Vou passar em seguida no seu celular.

Quando chegou e Jana leu em voz alta para todos ouvirem ficou claro que a perícia não tinha investigado a questão do cloro e o legista não tinha analisado a água do pulmão. Jana resolveu ligar para Mauricio o chefe da perícia.

- Maurício aqui é a Janaína, lembra de mim?

- Claro Janaina, não esqueço de você e suas vitórias, precisa de alguma coisa?

- Estou com o laudo da autópsia do caso do Gesualdo e gostaria de saber se vocês investigaram a água do pulmão sobre o teor de cloro?

- Não fizemos isso por quê?

- É o seguinte, nós achamos que ele foi afogado na tortura da toalha e não na piscina e depois jogado na piscina. A diferença entre o teor de cloro da água da torneira e da piscina pode indicar isso.

- Nossa Janaina você tem razão isso nos passou desapercebido, vou saber do legista se ele guardou alguma coisa depois lhe falo, obrigado pela dica.

Jana contou para os outros da conversa e disse.

- Bom se o Carlito tem razão precisamos saber onde que isso aconteceu e depende do que o Genésio confessar. Acho que por hoje chega, vamos sair para jantar e comemorar nosso reencontro.

Depois do jantar se despediram e combinaram de se encontrar de novo daí 2 dias. No dia seguinte Zeca saiu pouco antes da 6 da manhã e Jana ainda ficou dormindo e acordou já passava das 8 horas. Seu celular estava tocando.

- Sim quem é?

- Sou eu Janaina, Maurício é para lhe dizer que os legista ainda estava com todo material da autópsia e iria fazer a pesquisa que você pediu, a notícia é boa depois lhe ligo.

- Obrigado Maurício.

Jana foi tomar banho e depois tomar café antes de ligar para o delegado.

- Delegado é Janaina, o senhor já falou com o Genésio no hospital?

- Falei ele ainda estava meio grogue de sono, mas resolveu falar e disse que não foi ele que matou o Gesualdo e não sabe quem foi. Disse que era uma manobra muito sofisticada e não haveria tiro então deram para outro pessoal, que não conhece. Acho que foi o Arlindo que armou a coisa.

- Vamos interrogar o Arlindo agora de manhã, o que você está pensando?

- Delegado nós estivemos debatendo sobre o laudo da autópsia de chegamos à conclusão de que ele não foi afogado na piscina, é um lugar muito público e ele poderia se debater e fazer barulho e que ele foi afogado no esquema da tortura da toalha e depois jogado na piscina.

Falei com o Mauricio que pediu ao legista para pesquisar a água dos pulmões e ver o conteúdo de cloro que deve ser muito menor do que a água da piscina. Mas, precisamos encontrar o local do afogamento, quem mandou matá-lo e quem foram os assassino, pois esse tipo de afogamento precisa mais de um para executar.

- Janaina você virou uma Sherlock Holmes de saias. Ninguém tinha pensado nisso.

- Obrigado Delegado mais essa foi do Sargento Carlos.

- Ótimo trabalho mande um abraço para ele.

Janaína resolveu ir para Piracicaba para acompanhar o depoimento do Arlindo.

Quando chegou foi direto para a sala do delegado e bateu.

- Pode entrar.

- Sou eu delegado, gostaria de acompanhar o depoimento do Arlindo.

- Claro Janaina vai começar daqui uns 15 minutos, podemos conversar um pouco. O que vocês acharam da situação.

- Nós achamos também que o Arlindo é peixe pequeno para tomar essa decisão que deve ter vindo de mais em cima. O problema é que o de cima não deve ser bobo e não daria qualquer indicação para um bagrinho como o Arlindo, que é apenas uma das pernas do esquema. Como disse o José Carlos eles também são apenas uma perna da quadrilha e a estrutura deve ser muito maior; o Ferrão deve ter nessa turma uma grande parte de seu escoamento. Isso porque ele é pouco conhecido da polícia, e se tivesse muita distribuição de rua, crack e outras drogas já teria aparecido muito mais. Pesquisei na internet e não tem sinal dele.

- Acho que você têm razão, a questão é que se parar no Arlindo a coisa vai ficar mais complicada.

- A gente sempre pode tentar uma armadilha, a imprensa já sabe do Arlindo?

- Não não há nada ainda nesse sentido então tentar uma armadilha pode dar certo se ele colaborar.

- Acho que não é difícil com sua experiência levá-lo a colaborar não?

- Vou tentar, vamos primeiro ver o que ele vai falar.

Foram para a sala de interrogatório e Jana ficou na janela de vidro observando. Edgar perguntou para o Arlindo.

- Quem é que mandou matar o Gesualdo? Foi você? Vários membros da sua turma alegam que foi você, inclusive o Genésio, o José Carlos e a Amália, o que você tem a dizer? Se você contar toda história eu e o promotor podemos recomendar ao juiz que como você colaborou com as investigações ele pode levar em consideração e reduzir sua pena.

Com as acusações da sua turma você vai pegar no mínimo 20 anos podendo chegar a 30 anos se for considerado crime hediondo. O que você acha? Vai contar ou não? Como foi flagrante você só ter direito a um advogado na decisão de custódia com o juiz. O que você resolve?

- Mas eu não mandei matar o Gesualdo, fazia tempo que não ouvia falar dele.

- Mas o Genésio estava com você todo o tempo e tentou matar a nossa colaboradora e disse que foi você que mandou.

- Ele está mentindo, ele cumpre ordens de cima e não sei de quem.

- Ótimo então vai ser o pior para você.

- Não, não, espere, eu falo.

- Eu sou apenas uma perna da quadrilha, eu conheci o José Carlos, a Amélia e o deputado, que são todos da minha perna. Quem manda mais em tudo é o deputado que diz para o José Carlos o que tem que fazer e ele passa o recado para mim. O Genésio trabalha para eles e não obedece ao meu comando.

Eu não mandei matar a moça e só avisei ele para alertar os outros que ela estava investigando a morte do Gesualdo e que podia dar encrenca para a gente. A ordem deve ter vindo do deputado, José Carlos nunca toma a iniciativa, é um molengão e o Genésio é muito violento.

Eu não sei de mais detalhes, como eles compram a droga e eu somente sou encarregado de distribuir um pouco. Dizem que a quantidade que ele traficam é muito grande, mas não tenho nenhuma informação a respeito. Isso é fofoca do Genésio. Ele é um falastrão ensebado.

- Mas você ficou sabendo da ordem?

- O Genésio não mantém a boca fechada, mas ele disse que não era para ele matar o Gesualdo somente a moça. Ele deveria fingir um assalto e dar um tiro nela.

- Nós gravamos isso você está disposto a assinar?

- Assino.

Edgar saiu um momento levando gravador e foi falar com Janaina.

- O que você achou?

- Delegado, parece consistente, mas ele sai mais ou menos limpo da história, só como distribuidor em troca, a pena é menor. Não acho que ele é bonzinho assim, ele é muito mal caráter. Acho que ele está escondendo alguma coisa, ele correu para acusar o deputado que é o lado complicado e mais difícil de toda turma. Ele é muito esperto, acho que o senhor devia apertar ele ou confrontar com o José Carlos ou com o Genésio.

- Acho que você tem razão Janaina a mim também pareceu uma jogada esperta. Como posso apertar ele?

- Delegado eu acho que tem que propor uma barganha fajuta para ele, ver se ele cai. Tipo libera ele se contar quem foi e esquece o flagrante, que tal?

- Ótima ideia. Mas pare de me chamar de delgado e de senhor, já somos parceiros há algum tempo e você tem se tornado imprescindível em casos complicados. Me chame de Edgar, está bem?

- Está certo, pode deixar Edgar.

Assim que ele saiu o celular tocou era o Maurício.

- Janaina você parece que advinha as coisas. Bingo, você acertou em cheio, a água do pulmão era água de torneira. Ele foi torturado com toalha molhada e morreu por falta de cuidado ou foi morto dessa forma.

- Muito obrigado Mauricio, deixa que passo para o Edgar.

- Edgar estava falando com o Arlindo e propondo a barganha. Arlindo parou um instante para pensar e disse.

- Eu estava com medo de dizer quem foi porque eu fatalmente seria morto se ele soubesse que fui eu e disse que foi o deputado, mas ele também obedece a ele. Ele chantageia o deputado por alguma coisa que ninguém sabe e o obrigou a montar o esquema para ele.

- Quem é ele?

- O senhor desligue esse gravador porque jamais assinarei qualquer confissão nesse sentido. Ainda prezo minha vida.

- Arlindo eu não quero saber por saber, sem isso não tenho como prosseguir a investigação.

- Delegado, sinto muito, mas prefiro 10 anos de cadeia à morte imediata. Ele tem ramificação em todo lugar, um de seus inspetores certamente recebe grana dele.

- O que? Você está maluco, trabalham comigo há vários anos.

- O senhor que sabe, mas eu não topo. Sem gravador eu conto senão nada.

Edgar saiu e foi falar com Janaina.

- O que você acha devo aceitar sem ligar o gravador e uma confissão?

- Edgar, sei quem sem a confissão gravada saber quem é não serve para nada, mas apesar da curiosidade acho que devemos investigar a acusação dele sobre seu inspetores, pode ser um caminho.

Você não precisa se envolver, eu dou um jeito de pesquisar quem é o inspetor. Só me passe o nomes deles.

- Você me deixa atônito com sua perspicácia, você nasceu para isso, não sei por que foi ser biomédica e enfermeira. Vou lhe passar os nomes e endereços. Por favor tome cuidado.

Jana foi para o computador pesquisar os nomes e acabou separando dois nomes que lhe pareceram os mais prováveis, e precisava entrar nas contas deles e ligou para o Josué seu amigo hacker.

- Josué, preciso de mais um favor.

- Fale, minha querida.

- Como faço para acessar as contas financeiras de dois nomes?

- Isso é barra pesada, sabe que é crime né, se te pegarem da nó feio.

- Estou bem coberta, me conte.

- Tu tem que entrar na web escura e acessar um programa que chama Olho Vivo. É totalmente clandestino e tu não podes sair dela nem levar os dados para a outra sacou?

- Como eu acesso à web escura?

-Use o programa Tor para acessar a Dark Web e lá procure o programa Olho Vivo.

Obrigado amigão.

Jana logo entrou com o Tor e procurou o Olho Vivo, demorou a encontrar, é um ambiente completamente diferente e não estava habituada ao navegador. Quando encontrou teve dificuldade de utilizar o programa e ficou mexendo par apreender até encontrar a forma de acessar as contas deles. Não procurou as contas legais pois era provável que escondessem as propinas em contas de bancos pouco conhecidos.

Começou pelos novo bancos digitais e inseria o nome e o CPF dos dois. Já estava quase desistindo quando no DigitBank encontrou a de um deles, Bernardo Contell que era o inspetor e detetive chefe, e o mais ligado ao delegado. Os valores encontrados era enormes, somavam mais de R$1,2 milhões. Agora que já sabia quem era resolveu procurar a conta em US$ e o próprio banco tinha também. Quando acessou ficou pasma, era US$35 milhões. Isso não podia ser só de propina, ele devia ser um dos membros ativos da quadrilha.

Não podia falar com Edgar pelo telefone. Ligou para ele e disse.

- Edgar, podíamos almoçar juntos aqui em Águas.

- Tudo bem vou lhe encontrar na sua casa, me espere lá pelo meio-dia ok?

- Estarei lhe esperando.

Capítulo IV
Afinal uma Luz

Quando chegou bateu na porta e Jana foi atender e pediu para ele entrar.

- Edgar, o assunto é muito sério. Encontrei quem é o cara na sua turma. É o Bernardo!

- Não pode ser, somos colegas e amigos de longa data.

- Edgar ele tem contas no DigitBank tanto em reais como em dólares. A conta em reais tem 1,2 milhões e a em dólares tem 35 milhões. Isso não é propina ele deve ser membro ou o chefão da quadrilha.

- Pelo amor de Deus Janaina, onde você conseguiu?

- Entrei na web escura e usei um programa ilegal para acessar as contas de qualquer pessoa em qualquer banco. Isso é completamente ilegal e você não pode usar como prova nem contar para ninguém, mas já sabe onde procurar se for pedir ao promotor para pedir autorização judicial.

- Dentro da minha própria delegacia sabendo de tudo o que fazemos, ainda mais agora você corre sério perigo se eu levar isso para frente. Como vamos fazer? Arlindo também corre sério perigo e Bernardo está sabendo que ele quase contou quem era.

- Não Edgar o que Arlindo sabe é um nome falso pelo qual Bernardo se comunica com a quadrilha, ele é muito safo não ia dar mole assim.

- Escuta Janaina não pode ser uma herança ou outra coisa? Custo a acreditar que é ele.

- Edgar, o nome e o CPF batem e depois ele é de origem humilde, os pais eram muito pobres e ele cursou direito a distância com muita dificuldade. Investiguei a vida dele toda. Ele é muito inteligente e experiente. Sabe como ele ilude a Receita Federal?

- Ele disse que ganhou na loteria na China que tem acordo de compensação de tributos com o Brasil e já recebeu com desconto. As dificuldades que a Receita tem de confirmar isso são enormes e eles provavelmente deixaram para lá. Mas, é fajuto não tem essa loteria na China.

Por que eu sei? Tenho um amigo que se formou comigo e foi estudar medicina chinesa antiga lá e a gente volta e meio se comunica. Perguntei a ele que se informou e me respondeu dizendo que ninguém conhece essa loteria lá, pelo menos com esses prêmios.

Edgar estava muito apreensivo, se estivesse errado estaria acusando um velho amigo e companheiro, o que liquidaria sua carreira dentro da Secretária de Segurança. Tudo que tinha eram informações obtidas de forma ilegal e criminosa. Janaina tinha feito seu trabalho de forma magnífica e só merecia aplausos.

Teria que se explicar com ela senão perderia a melhor colaboradora que jamais tivera. Perguntou a Jana se poderia participar da reunião da equipe a noite.

- Claro Edgar o pessoal vai gostar muito da sua presença, venha às sete horas, agora vamos almoçar está bem?

- Essa eu que pago.

- Tudo bem, você gosta de comida italiana?

- Gosto muito.

- Então vamos no Dom Giovani.

Depois do almoço se despediram e Edgar voltou para Piracicaba pensando. Teria que abrir o jogo com a equipe e com o Bernardo. Terei que perguntar a eles sobre essa ideia e mostrar suas dificuldades. Não via outro jeito de levar a coisa adiante. O que aconteceria se alertasse Bernardo que sabia de sua fortuna?

Ele nunca demostrou, tinha um carro popular, morava numa casa pequena num bairro afastado e não dava sinais de ter mais do que seu salário. Muito esquisito! Lógico que não queria chamar atenção, mas ainda era relativamente moço, com 52 anos e longe de poder se aposentar quando poderia gozar sua fortuna.

Então o que é isso? As coisas não batem, não tem lógica. Uma longa carreira na polícia sem que ninguém desconfiasse de nada. Eu como amigo íntimo nunca vi nada diferente. Muito amoroso com a mulher e os filhos, excelente companheiro no trabalho, muito correto em tudo e chefe de uma quadrilha de drogas?

Será que Janaina poderia acessar o celular dele e ver as ligações? Bobagem, um caro safo só falaria com a quadrilha com chip descartável. E quando quisessem falar com ele deveria haver algum sistema de código e impossibilidade de identificação dele. Como o Arlindo sabia? Mil questões sem resposta.

Sentia-se impotente e essa dependência da Janaina estava perturbando ele. Ficara gostando muito dela, encantado com a inteligência e perspicácia dela, mas agora só estava fazendo o que ela dizia.

Era verdade que a equipe já tinha ajudado ele várias vezes anonimamente e sua fama na polícia era de um verdadeiro mágico. Tinha ficado tão prestigiado pela solução de vários crime complicados que já o qualificavam para um cargo mais elevado, o que era motivo de ciúmes de vários colegas das outras delegacias seccionais de Piracicaba.

Sabia que devia isso a ela e a equipe e não poderia perder esse vínculo de forma alguma. Os três casos, da "Caverna Maldita", da "Justiça Ensanguentada" e do "Crime do Paulistinha" que eles tinham resolvido eram tão complicados que se não fossem eles estariam dormindo num arquivo de casos insolúveis. Se sentia agoniado com esses problemas, apesar de sua longa experiência aos 53 anos se sentia como um recém formado.

Sua mente antes condensada em situações diárias de crueldade e mentiras, o lado mais feio do ser humano, de repente encontrava pessoas que se dedicavam ao combate ao crime sem nenhuma recompensa, só pelo prazer do jogo de investigação. Gente séria e honesta. Estava rendido por esse novo contato.

Era um contraste que o perturbava e o deixava inseguro. Confronto de convicções opostas no mesmo caldo de ideias. José Carlos e Carlos eram policiais habituados as mesmas coisas que ele. Mas Janaina e Fernanda eram simples enfermeiras que usualmente não conviviam com o crime. Parecia um bicho de 2 cabeças.

Espantou essas ideias da cabeça e quando chegou 6 e meia, avisou que iria sair antes mesmo que seu substituto chegasse, porque ele estava atrasado. Qualquer coisa que, que ele precisasse falar comigo que ele lhe ligasse no celular. Bernardo e os outros já haviam saído porque os que dariam plantão já haviam chegado. Pegou seu carro e foi para Águas de São Pedro, era hora do tráfico pesado.

As 6 e meia chegou Nanda por que vinha a pé da UPA que era perto e perto das 7 hora chegou Zeca e logo depois Carlito. Estavam sentado quando Edgar bateu na porta e Jana foi abrir. Edgar já conhecia todos que o cumprimentaram alegremente. Ele logo disse.

- Me chamem de Edgar, nada de delegado, hoje faço parte da equipe, certo?

Jana começou dizendo.

- Vou relatar o que descobrimos eu e Edgar até agora e os problemas que teremos pela frente. No interrogatório do Arlindo ele disse que sabia quem era o chefão da quadrilha, mas não diria se o gravador estivesse ligado e se negou a assinar a confissão com essa delação porque seria morto fatalmente e insinuou que tinha gente comprometida na própria delegacia. Eu e Edgar combinamos que eu iria investigar quem era da turma dele e assim ele me passou a lista do inspetores detetives que trabalhavam com ele.

Através de um amigo que é hacker consegui na web escura acessar a conta corrente de dois deles que selecionei como os mais prováveis e encontrei o culpado, que é o inspetor e detetive chefe, que além disso é colega do Edgar e amigo de longa data. Ele tem uma conta em dólar com US$ 35 milhões num novo banco digital e é de origem pobre, cursou direito a distância com muita dificuldade, é muito inteligente e safo.

A situação ficou complicada e Edgar agora pode esclarecer o problema.

- Bom pessoal a questão é que o que Janaina encontrou de forma ilegal não pode ser aproveitado como provas e a vantagem é que agora sabemos onde procurar. Eu teria que levar o caso ao promotor que iria saber como eu fiquei sabendo de que meu inspetor chefe é o chefão de uma quadrilha de drogas.

Bom eu sempre poderia dizer que desconfiei por cauda de atitudes suspeitas dele, que teria que inventar porque o promotor não é nada bobo. Para levar uma questão dessas para o juiz e ele autorizar a quebra de sigilo financeiro do meu auxiliar ele precisa de provas que não posso mostrar pois foram obtidas de forma ilegal e é crime que deixaria eu e Janaina em situação difícil.

Depois tem um segundo problema, ele é meu colega desde que fizemos concurso para polícia juntos e depois fomos trabalhar juntos em diversas delegacias até virmos para cá e ele ainda como inspetor que elevei a inspetor chefe. Acusar ele de chefe de uma quadrilha de traficante de drogas é muito sério, poderia acabar com minha carreira dentro da Secretaria de Segurança e o ódio de todos os colegas, afora uma longa amizade inclusive de famílias.

Eu seria visto com traíra nojento e nunca mais iria conseguir nada na profissão. Isso ocorreria ao longo de todo os caminho até que ele fosse condenado o que pode levar muitos anos. Eu gostaria de saber o que vocês acham disso e como deveríamos prosseguir.

O primeiro a falar foi Carlito.

- Entendo perfeitamente toda questão e logicamente a saída não é começar acusando ele. Sugiro que você abra o jogo com ele para ver o que vai acontecer, fora isso não vejo como sair dessa encrenca. Evidentemente conseguir as provas sem passar pela justiça não teria qualquer valor e isso Jana já fez.

- Concordo com Carlito, também não vejo oura alternativa. Não imagino a reação dele. Pode querer envolver Edgar, pode negar e alegar outra coisa que justifique a fortuna, e pode confessar e esperar que você pela amizade não faça nada. Não vejo uma alternativa.

- Também concordo disse Nanda, não tem oura saída e imagino que você já pensou nisso, não é Edgar?

- É verdade Fernanda e quis esta reunião para confirmar que estamos todos de acordo.

- Eu não sei se seria o caso de eu estar junto para ele não tentar corromper o Edgar, eliminando uma das hipóteses disse Jana.

- Acho que não se você estiver junto ele não vai abrir o jogo.

- Você tem razão disse Jana. Bom pessoal vamos sair pra jantar eu não sei se seria bom você ser visto com todos nós. Na delegacia é uma coisa aqui vai dar muita fofoca.

- Claro Janaina eu vou voltar para Piracicaba e convidar o Bernardo para bebermos alguma coisa num lugar bem quieto e começar a jogada.

- Até mais e muito obrigado a vocês, fico devendo mais esta.

Quando Edgar saiu Zeca comentou.

- Um problemão não é, realmente não enxergo outra solução. Levar para um nível mais alto vai bater na política, nunca vão deixar vazar que um inspetor chefe é o chefão de uma quadrilha de drogas e depois eu estou achando que alguma coisa não bate na história.

Não há ser humano que com uma fortuna dessas não fique tentado a usar alguma coisa mesmo que não queira que ninguém desconfie. Quem sabe ele não é um laranja de alguém mais em cima? Um laranja bem remunerado com os R$1,2 milhões por exemplo.

Pode ser que o carrinho e a casa já tenham vindo daí e os 1,2 milhões era originalmente 1,5 milhões ou mesmo 2 milhões.

Lembrem-se que esse dinheiro está em conta corrente e não aplicado, está sendo comido pela inflação. Ele não parece um cara que não sabe disso. Pode estar aguardando mais entradas de dinheiro e pode ir gastando que não vai acabar a fonte.

- Pode ser disse Carlitos aí vale a pena aprofundar a investigação sobre a conta, ver de onde veem os depósitos. Dá para fazer Jana?

- Dá sim, agora sei como entrar na web escura. Vamos deixar de papo e vamos jantar, tá?

Foram comer no Bom Bocado e depois saíram para tomar sorvete na Sorveteria Estância e foram passear a noite, que estava fresca e valia um passeio para fazer a digestão. Depois Carlito e Nanda se despediram e foram embora prometendo se encontrarem novamente na noite seguinte. Jana voltou para casa com Zeca e disse.

- Zeca estou muito ansiosa com essa história, vamos pesquisar a origem da grana, te ensino a entrar na web escura. Não consigo dormir nem ver filme nada.

- Tá bem Jana, me diga como entrar na web escura.

- Zeca vou passar um programa que chama Tor para entrar e lá tu procuras um programa chamado Olho Vivo que permite entrar em qualquer conta bancária. Agora o programa que permite identificar a origem do depósito, ainda vou procurar e se não conseguir encontrar vou pergunta para meu amigo Josué.

- Tu tens alguma história com esse Josué?

- O Zeca larga de ser ciumento, vamos trabalhar.

- Jana encontrei um programa chama do Ambulante que segue todos os depósitos tanto em reais como em dólar ou qualquer outra moeda.

- Beleza Zeca, vamos lá. Olha, os depósitos em real vieram de uma conta do Banco Universal. Vou rastrear essa conta.

- Estou seguindo os depósitos em dólar. Vieram de uma conta no Uruguai de um banco internacional chamado Universal General Bank de uma conta cifrada, como eu entro?

- Zeca tente o Olho Vivo senão tem que procurar outro programa, Josué disse que tem vários que fazem isso.

O programa não respeita conta cifrada, o problema é que tem que encontrar o banco de dados que arquiva o nome das contas cifradas. Cada banco tem um banco de dados diferente. Veja esse banco que tu acessou. Procure um Data Bank deve ter vários. Tu tens um bocado de trabalho pela frente.

- Eu já entrei no Universal e a conta imagine, não vais acreditar. É a conta de um escritório de advocacia de São Paulo, que se chama Montoya & Johnson Advogados. Vou pesquisar quem são eles e seus clientes.

Jana começou a pesquisar e nenhuma dos advogados que trabalhavam no escritório em São Paulo se chamava Montoya ou Johnson. Estranho, o nome era de fachada. Eram 4 advogados sendo duas mulheres e dois homens. Comecei procurar pelos nomes, todos eram recém formados e estavam na verdade estagiando. Liguei para uma delas.

- Por favor Dra. Gisela estou precisando falar com um dos donos do escritório como faço?

- Ligue para o seguinte número (19)4240-3154 é em Campinas, eles vão no escritório de lá toda semana. De quem é o número?

- Do Dr. Geraldo Montoya.

- Obrigado.

Jana pensou então eles existem e porque colocar recém formados praticamente estagiário sozinho no escritório da capital e por que ter conta num banco digital e não num dos bancos tradicionais? E o que eles tem que ver com o Bernardo? Tenho que ver a clientela do escritório e ver se

Bernardo é um dos clientes. Será que a lista é digital, vou acessar o site do escritório para ver se encontro.

- E tu Zeca conseguiu alguma coisa?

- Ainda estou pesquisando cada Data bank, são vários.

De repente tocou o telefone era Edgar.

- Janaina acabei de sair do encontro com Bernardo e ele se mostrou surpreso de estar sendo investigado, mas entendeu que com a acusação do Arlindo eu teria que pesquisar todo pessoal. Disse que aquele depósito em dólares estava bloqueado e se referia a um caso que estava na justiça há mais de 15 anos sobre um sítio do meu avô de 20 hectares dentro de Campinas, que foi desapropriado pela Prefeitura de Campinas para dar a uma multinacional, uma das maiores do mundo e que ela concordou em depositar aquele valor enquanto se discutia o direito de a Prefeitura ter feito isso.

A justiça tinha bloqueado o valor alegando que enquanto o processo não fosse extinto não poderia terminar o negócio, pois se a Prefeitura fosse condenada podia reverter a desapropriação e o dinheiro teria que ser devolvido. Ele tinha um escritório de advocacia em São Paulo cuidando do caso em Campinas.

O dinheiro em reais foi uma indenização paga pela empresa por ter destruído todo o sítio e depois ter abandonado. Ela se comprometer a pagar R$500 mil por ano em dólares equivalente até o término do processo. Certamente não imaginava a lentidão da justiça brasileira e anda desesperada para cancelar o acordo que foi feito judicialmente. Mas o juiz negou todas as tentativas. Ele disse que era o único herdeiro, pois constava do testamento do avô.

- E agora Jana, beco sem saída.

- Edgar eu descobri o escritório que repassa o dinheiro para a conta do Bernardo e confirma o que ele disse, só acho estranho que ele ganhando tanto dinheiro não queira usá-lo.

- Ele falou alguma coisa nesse sentido que era muito pobre e não sabe o que fazer com tanto dinheiro e quando o processo terminar se ficar com aquele depósito em dólares aí vai se aposentar e gozar a vida. Tem lógica irrepreensível.

- Janaina e o outro que você suspeitou?

-Edgar quando vi o Bernardo larguei o outro, agora vou olhar.

- Zeca pode largar esse caso. O Edgar falou com o Bernardo que justificou direitinho a origem. Vamos voltar para o segundo suspeito, o inspetor Raílson Cascardo. Jana voltou entrar nas contas do Raílson e ficou assombrada, depósitos constantes de quantias de R$10 mil, R$15 mil, R$8 mil, toda semana há mais de 5 anos inclusive transferidas para o novo banco digital Eniabank há apenas um mês vindos do Banco Mundo Rural.

Se somarmos o total dos depósitos temos cerca de R$ 2,5 milhões. Ele não parece ser o chefão, porque a quantia não é muito grande, mas certamente está metido com a quadrilha ou outra fonte de propina. Qual o serviço que presta à quadrilha? Não estou entendendo bem essa história.

- Zeca viu alguma coisa?

- Vi sim Jana, ele tem uma conta em dólar nas Ilhas Cayman. Eu achei através de um programa chamado Bahamas, que vasculha depósitos "Off-Shore" ilegais. A conta está no nome dele, parece que não tinha receio de ser investigado, normalmente estas contas são em nome dos diretores do banco ou de funcionários que tem procuração do depositante. O saldo é de US$ 25 milhões. Ele certamente é um dos chefões da quadrilha, o que é estranho, um simples inspetor de polícia do interior?

- Também acho Zeca, deve ser laranja bem remunerado. Quem afinal estaria no topo? O mandachuva?

A gente sempre bate num beco sem saída. Esse cara acho que Edgar pode mandar brasa porque ele não tem como se desculpar.

Ainda falta confirmar a história do Bernardo, temos que pesquisar na Justiça de Campinas o número do processo pelo nome do advogado, Dr. Geraldo Montoya.

- Amanhã ligaremos para Edgar sobre essa descoberta. Vamos dormir porque são mais de 11 horas e tu tem que acordar cedo.

Depois que Zeca saiu antes das 6 horas, Jana não conseguiu mais dormir e levantou foi para o chuveiro e depois foi fazer o café. Estava decidida a terminar o jogo logo.

Depois de tomar café pegou seu notebook e foi logo para o site da Justiça de Campinas e colocou o nome do Geraldo Montoya. Ele estava e vários processos, começou a acessar cada um para ver o sumario e não encontrou nenhum parecido com que o Bernardo tinha dito, mas tinha um referente à uma acusação de fraude de uma pessoa chamada Angelina Mariz que era o sobrenome do Bernardo.

Estranho, tinha que ver se conseguia acessar o processo e logo viu que tinha que ter uma senha apesar de não estar em segredo de justiça e a senha somente era fornecida no balcão da secretaria da vara.

Resolver apelar para a web escura e encontrar um programa que permitisse ver o processo. Logo descobriu um programa chamado ironicamente Juiz.

Logo entrou no processo e começou a ler. Ela tinha sido acusada de prometer pagar uma quantia muito grande para um funcionário parar uma investigação levada a efeito no Tribunal de Contas do Estado sobre o marido dela e foi pega em flagrante quando o funcionário confessou que tinha recebido metade e iria receber mais a outra metade quando conseguisse queimar o processo. Era um bocado de dinheiro cerca de R$2 milhões.

No processo o marido tinha sido acusado de mandar ela fazer isso, mas não havia provas disso e ela era a única que tinha sido flagrada em conversa com o funcionário que a acusou formalmente.

Tinha que contar para Edgar, parece que o beco tinha uma saída ou melhor dizendo duas saídas. Será que estavam juntos? Esperou passar das 8 horas para ligar para Edgar, quando um movimento na porta a alertou como se alguém tivesse querendo arrombar a fechadura.

Ligou para o Zeca e falou o que estava acontecendo e que iria pegar a arma que lhe tinha lhe dado e correu para o quarto e quando voltou a porta tinha aberto e dois caras mal encarados estavam olhando pra ela como que surpresos e ela logo apontou a armas e disse, sou perita em tiro, nunca erro e vai direto no olho. Vão querer?

Eles se mexeram incomodados e um deles começou a rodear a mesa e Jana falou.

- Parado aí engraçadinho que ser o primeiro?

- Não dona nós achamos que não tinha ninguém em casa e queríamos levar algumas coisas.

- Vocês acham que eu sou besta, eu sei quem são vocês e quem mandou. Agora ajoelhem e se deitem no chão devagarinho com as mão nas costas. Se tentarem qualquer coisa atiro para matar. Invasão de domicílio é legítima defesa, você estão fritos e eu estou muito tentada a terminar o jogo logo, só não quero sujar meu tapete.

Abaixou-se e vasculhou o primeiro e tirou a arma dele e jogou longe no sofá e foi para o segundo e fez a mesma coisa. E se sentou do outro lado da mesa. Estou louca para me darem qualquer razão para mandar vocês para o inferno.

Quem foi que mandou? O José Carlos, o Arlindo e o Genésio estão presos. Quem foi o Bernardo ou o Raílson?

- Então a senhora está sabendo de tudo disse o mais velho.

- Muito mais do que vocês imaginam, agora vamos atrás do chefão que vocês provavelmente não sabem quem é. Vai todo mundo pegar 30 anos de cana porque é crime hediondo. Já ouviram falar?

- Estamos autorizados a oferecer à senhora até R$10 milhões, aceita?

- Quanto você falou? Enquanto ligava gravador do celular.

- Eu disse que podemos oferecer até R$10 milhões para a senhora parar, não temos ordem para matá-la ou feri-la só fazer a proposta. Se a senhora quiser mais tenho que ligar para o Raílson.

Se for muito mais você tem que ligar para quem?

- É um número que me deram com um código.

- Qual é o código?

- Barba Azul. E o número é 6199647434.

Nessa hora Zeca entrou esbaforido e olhou espantado a situação dos dois bandidos deitados no chão com as mãos nas costas e Jana com o 38 na mão e começou a rir que não parava.

- Não acredito no que estou vendo. Só faltam as algemas, você fez tudo direito. Só tá faltando a farda.

- Anda logo Zeca prende os dois.

- Zeca pegou as algemas e algemou os dois juntos de costas um para o outro e mandou sentarem encostados na mesa para poder ver qualquer tentativa de tirarem as algemas. Revistou eles e retirou duas facas e uns grampos usados para arrombar a porta.

- Jana contou para ele toda história e o que deveriam fazer? Contar para o Edgar ou já ligar para aquele telefone. Falar o que?

- Virou para eles e perguntou já falaram antes nesse telefone?

- Nunca, esse é um telefone vermelho que eles falam que só pode ser usado numa emergência.

-O que vocês iriam falar para ele?

- Que a dona queria muito mais do que os R$10 milhões que oferecemos.

- E quanto seria?

- Ela não falou ainda. Vocês estão juntos?

- Estamos sim.

- Jana melhor falar com Edgar, ver o que ele acha.

Jana decidiu ligar para Edgar, ele já deveria estar indo para a delegacia, eram mais de 7 horas.

- Ligou e ele atendeu.

- Olá Janaina começou cedo.

Ela relatou tudo que tinha acontecido até agora e eu estava com o telefone vermelho do chefão na mão com o código.

- Edgar acho que é um chip descartável então vale uma vez só. Ele não conhece a voz de quem está ligando com o código só sabe que é da quadrilha.

- Janaina acho que José Carlos pode fazer o papel do bandido e dizer que ela quer R$20 milhões e ele provavelmente vai tentar negociar por R$15 milhões e ela não aceita, tem que ser R$20 ou nada.

Ele provavelmente vai concordar e vai pedir a conta dela. Ele deve dizer que tem conta no Banco do Brasil. Ele não vai concordar e mandar ela abrir conta num banco digital pouco conhecido e vai pedir que assim que ela tenha o número da conta, para voltarem a ligar. É o tempo que precisamos para investigar o local da chamada. Tá certo?

-Vamos fazer assim como você falou e avisamos logo em seguida que ele desligar. Melhor enquanto Zeca estiver ligando eu fico com o meu ligado com você, ok?

- Ok vou ficar ligado.

Zeca ligou novamente e disse.

- Ela não cede em nada e agora quer R$ 25 milhões e disse que cada vez que o senhor quiser barganhar ela vai aumentar R$ 5 milhões.

- Está bem diga a ela que abra a conta e me mande em seguida, pode ser pelo Zap. Passou 10 minutos Zeca ligou novamente.

- A conta é no EinaBank nº 1353-0 no nome de Janaina Morais.

Edgar logo ligou para o assessor que estava olhando o local do chamado e perguntou.

- Conseguiu Amaro?

- Consegui doutor, mas o senhor não vai acreditar em qual é o local.

- Diga logo.

- É o Palácio do Planalto em Brasília.

- Minha nossa!

- Ouviu Janaina?

- Ouvi Edgar, pode ser um assessor ou um serviçal. Como vamos identificar quem é?

- Para ele fazer o depósito, ele terá que usar um celular em seu nome, se não o banco dele não vai aceitar e deve se um Pix. Só você pode conseguir entrar na rede dele. Para isso tem que conseguir o local exato através do telefone que ele usou. Tem que ser rápido porque ele deve descartar logo.

- Jana entrou na web escura e procurou um programa de localização e logo achou um chamado Curioso e colocou o telefone que tinham acessado e em seguida apareceu uma seta no mapa do Palácio do Planalto. Era no 2ª andar numa sala dos assessores e Jana abriu o Olho Vivo e logo apareceu o acesso ao Internacional Bank um banco digital novo e a conta dele que estava abrindo.

- Nossa disse Jana, o saldo é R$257 milhões aplicados em CDI. Estavam saindo R$25 milhões pelo Pix. O nome do dono da conta era Mário Sergio Lugetti. Jana baixou outro programa que mostrava todos os cargos no Palácio do Planalto. Ele era assessor para assuntos de problemas na rede da Internet do Palácio e tinha acesso privilegiado a todas as mensagens que passavam pela rede externa, mas, não pela rede de Intranet. Jana ligou em seguida para Edgar.

- Edgar, consegui, ele se chama Mário Sérgio Lugetti, o CPF dele é 3.897.345.617-93 e a conta dele é no Internacional Bank nº 1.817-3 e tem um saldo de R$257 milhões menos os R$25 milhões que saíram agora que vou repassar para a conta da delegacia, me passe essa conta.

- Janaina vamos pesquisar o cara, a conta é no Banco do Brasil nº 2525-7.

Janaina acessou sua nova conta e fez um Pix para a conta que Edgar tinha passado e zerou sua conta e fechou a conta.

Meia hora depois Edgar ligou e disse.

- Janaina o cara é limpinho nunca teve uma passagem, mas você não imagina, ele foi indicado pelo deputado que estamos investigando. Deve ser apenas um laranja e é primo irmão do deputado. E agora, voltamos à estaca zero.

- Estou pensando em falar com um amigo meu da Polícia Federal que trabalha no gabinete do Diretor Geral da PF e contar a história, acho que é a única saída.

- Também acho Edgar, não vejo como ir ao promotor e na justiça.

- Ligo para contar o resultado.

Zeca disse que tinha que voltar ao trabalho e ia levar os dois bandidos. Poderia precisar dela para corroborar a invasão do apartamento.

- Sem problema, Zeca vou ficar aqui aguardando notícia do Edgar depois te ligo.

Jana foi ler o livro que teve que parar quando começou o caso para esperar notícia do Edgar.

Já passava da hora do almoço e não queria ter que falar no celular num restaurante e resolveu fazer uma "roupa velha" e tomar uma cervejinha.

Estava almoçando quando o celular tocou.

- Alô, quem é?

- A senhora está pensando que somos idiotas? Vai pagar pela besteira. Onde colocou o dinheiro? Se não devolver o dinheiro em 10 minutos vai morrer.

- Alô, alô, nada.

- Zeca, ligaram me ameaçando de morte se não devolver o dinheiro.

- Vou já para aí, fique atenta e use a arma se precisar não titubeie, atire logo que abrirem a porta. Cuidado comigo que aviso antes de abrir, tá?

Tocou novamente e Jana atendeu.

- Alô, quem é?

- Sou eu Janaina, Edgar, é para lhe dizer que a PF já foi toda mobilizada para prender o tal do Mário Sérgio e o Deputado.

- Edgar fui ameaçada de morte se não devolver o dinheiro e pedi ajuda ao Zeca que está vindo para cá, mas preciso de reforço, acho que a ameaça veio daí, da sua delegacia, acho melhor você prender os dois.

Zeca chegou, avisou que estava na porta e disse que tinha avisado o chefe e que ia ficar com ela até resolverem o caso.

- Zeca, Edgar vai mandar reforço. Avisei ele para prender os dois lá da delegacia, pois acho que a ameaça veio deles, porque a chamada é DDD 19, só pode ser Piracicaba.

Jana estava nervosa e não conseguia se concentrar na leitura e resolveu ver TV com Zeca. Acho que a gente não deve sair para jantar, vamos pedir uma pizza no Dom Giovani, mas avise para ligar lá de baixo quando chegar para não subirem, porque você vai descer para pegar.

- Tu tá certa, toda precaução nessa hora é importante. Vou pedir.

- Ligaram para Zeca e disseram que estava lá embaixo com a pizza.

- Zeca, vai armado, pode ser armadilha, cuidado.

- Pode deixar Jana estou tão assustado quanto tu.

- Pouco tempo depois Zeca entrou com a pizza e disse, olhei para todos os lados para me certificar e como conhecia o entregador, peguei logo a pizza e paguei ele. Parece tudo tranquilo por enquanto.

Quando acabaram de comer a pizza o celular dela tocou.

- Alô, quem é?

- Sou eu Janaina, para lhe contar que os dois aqui já estão na jaula e o celular do Bernardo mostrava a chamada para seu número e já pedi para a Vivo me passar a gravação da chamada.

Meu amigo me ligou disse que foi a descoberta mais sensacional que fiz, por que eles estavam há 3 anos atrás da quadrilha e não conseguiam descobrir o chefão.

O presidente da Câmara do Deputados já foi comunicado e vai pedir a cassação dele por falta de decoro parlamentar e comunicou ao Palácio do Planalto o motivo da prisão do do assessor e do deputado.

Acho que você pode dormir sossegada, não sei agradecer vocês mais um vez, gol de placa de um abraço em toda a equipe.

Jana quase desmaiou, quando relaxou.

- Zeca esta foi pesada, não? Os outros estão vindo esta noite?

- Estão sim Jana, estão loucos de curiosidade. Vamos comemorar mais uma vitória e dessa vez foi toda tua.

- Nada Zeca, tu, Carlito e Nanda todos colaboraram.

- Larga de ser modesta.

E deu um longo beijo apaixonado nela.

Quando Carlito e Nanda chegaram foram muitos os beijos e abraços. Pegaram um cerveja e foram se sentar em torno da mesa para ouvir Jana.

Ela estava contando toda história quando a celular tocou e ele atendeu.

- Alô quem é?

- Sou eu Janaína, estou na maior encrenca, a polícia federal está me acusando de ter desviado os R$25 milhões que você passou para a conta da delegacia, porque por alguma razão que não sei ela foi parar na minha conta.

Quando abri a conta da delegacia logo que assumi, em seguida abri a minha que tomou um número a mais. Pode ter havido confusão e você ter passado o Pix para a minha conta? Poderia verificar de novo? Mas, o pior que foi parar na minha conta e o dinheiro desapareceu de lá. Me ajude por favor.

- Claro Edgar vou passar uma cópia do Pix e vou tentar verificar o que aconteceu.

- Obrigado mais uma vez Janaina.

Jana deligou e contou para o pessoal.

- Tenho certeza de que o Pix era da conta da delegacia, mas não consta ter chegado lá. Vamos procurar na web escura e ver o que aconteceu.

- Todos abriram os seus notebook e começaram a pesquisar depois que Jana passou os programas.

De repente Nanda falou.

- Gente acho que descobri o que aconteceu. O dinheiro foi sacado da conta do Edgar para a conta de um doleiro e este passou para uma conta nas Bahamas. Falta descobrir de quem é essa conta.

- Me passe o dados Nanda eu sei qual o programa para abrir esse conta e seus detalhes.

De repente Jana parou e falou.

- Podem parar, já sei de quem é a conta.

- De quem é Jana, fale logo, disse Carlito.

A conta é do Edgar.

www.ingramcontent.com/pod-product-compliance
Lightning Source LLC
Chambersburg PA
CBHW051448140726
47987CB00006B/2600